KB191292

사슴뿔을 줍다

이창하 시집

시인의 말

겸손하신 아버지
저도 아버지를 닮아 나이가 들어가고 있습니다
저의 언어도
아버지를 닮아가고 있을까요?

2025년
이창하

차 례

● 시인의 말

제1부

제2부

제1부

그리움의 뿌리

새가 그림자를 훌쩍 떨어뜨리고 산으로 날아갔다
꽃이 그림자 한 조각을 공중으로 보내고
땅속으로 씨앗을 던졌다
하늘의 이치와 땅의 이치가 이율배반적으로 보이는 순간
이다
씨앗은 향기를 남기게 되었지만
새의 흔적은 공허하다
뿌리가 있고 없고의 차이다
        .
        .
        .

십수 년 전 고향 집은 그대로 두고
할머니가 계신 정토로 이사하신 아버지가 그립다

그리움에도 뿌리가 있다.

역할

뒷걸음질하다가 물웅덩이에 빠진 적이 있다
뒤통수에 눈이 없다는 사실과
어둠은
묘하게 닮은 점이 있다

돌부리를 차고 아파한 적이나
어둠이 깔린 시골길에서 똬리를 틀고 있던
뱀에게 물린 적이 있다

한 치의 주저함도 없이 달리던 길에서
나와
돌부리와
뱀이
자신의 역할에 최선을 다한
한 치의 양보도 없이 단호했던 순간이었다

예쁜 새 한 마리

새 한 마리가 날아왔다
손바닥을 내보이니 훌쩍 뛰어올랐다

어떤 사람이
시골에 오래 살더니 완전 자연인이 다 되었다고 했다

또 누군가는
새의 전생이 가족이었을지 모른다고 했다

문득
수년 전에 자연으로 가신 부모님 생각이 났다
내가 어릴 적 나를 너무 오래도록 업고 다녀서
허리가 굽었을지도 모를 부모님

새의 전생이 나의 부모님이시라면
그동안 고생하셨던 보답으로
저렇게 예쁜 모습으로 날아다닐 수 있게 되었는지도 모를
일이다

예쁜 새 한 마리가 날아왔다.
손바닥을 내보이니 훌쩍 뛰어올랐다

산통 소리

나무뿌리는 물을 마신다

일생을 물만 마시더니
뿌리는 물길을 닮아갔다
물길처럼 흐르는 나무의 뿌리들
물길처럼 모여드는 나무의 뿌리들
나무가 물을 마시면 나무의 뿌리는
강줄기를 닮아간다
샛강처럼 뻗어가는 나무의 뿌리들이
막다른 곳에 다다르면
샛강의 기원을 읽을 수 있는 것처럼
뿌리의 기원도 읽어갈 수 있는 것
마침내
뿌리로부터 시작된 여정이 끝날 무렵
이제 막 껍질을 벗기기 시작하는 나무의 잎사귀들이
부화를 마무리하고
생명을 지피며 솟아오르는
산통 소리가 곳곳에서 들리기 시작하지

나무가 파문波紋을 일으킬 무렵이면
나무의 이력도 시작되는 것
여기저기
나뭇가지에서 소리와 소리가 들려오는 사연처럼
산통의 기원도 읽을 수 있지

은하수

태아는 여전히 깊이 잠들어 있다

하늘에서 뻗어 나온 긴 강 사이로 시간이 끝없이 흘러나
온다
어머니처럼 따뜻한 시간들

밤은 어머니의 색깔이다
어머니의 품속은 언제나 부드러운 색이다

가끔
강물 흐르는 소리에 귀를 기울이게 되면
어머니의 따뜻한 소리가 들려온다

별이 반짝이는 강물의 온도와
어머니 뱃속의 온도가 같다는 것은
어머니의 뱃속에서 아름다운 기억들이 많이 흘러나오기
때문이다

저렇게 길게 뻗은 물결이
쉼 없이 흘러도
태아는 여전히 깊이 잠든 채
새근거리는 숨결 소리처럼 강물을 부른다

하늘에서 양수가 흘러나온다
강물에서 어머니가 물결치며 흘러나오고 있다

탈레스의 생각

지상으로 비가 쏟아지고 있다
사막 위로 떨어지는 빗줄기는 어머니의 언어를 닮았다

모래 속에 숨어 있던 유리 씨앗을 닮은 생명이 톡톡 튀어
오른다

건너편 사막 위에서는 무지개가 선명하게 뻗어 있다
오랫동안 잠복했던 씨앗들은 일제히 초록빛 날개를 펼친다

길 없는 길가에
한 번도 본 적 없는 생명이 탄생한다

닭과 달걀의 비밀스러운 관계를 처음으로 설명해 준다

일제히 열리기 시작하는 모두의 길 위로
모두가 서 있다

태초에 생명이 시작되었던

출발점

길 위에 길이 있고
그 길 위에 그가 서 있다

그리스와 이집트와 인도로 가는 길
언제부터였는지
그 길가에 그가 서 있다

감쪽같은

비가 몹시도 내리던 날 어수선하게 골목길에 박혀 있던 발자국들 위로
빗물이 지나가고 있었다

덥수룩한 털을 가진 개가 그의 몸을 덮고 있었다

어떤 처녀가 오랫동안 복대를 하고 있었다

오랫동안 앓다가 임플란트 시술을 했다

초승달이 보름달이 되었다가 그믐달로 변해가는 것을 지켜보았다

입에서 나온 말이 흔적 없이 허공으로 사라지면서 거짓이 탄생하는 것을 보았다

어둠을 닮은 흔적들을 복원할 수 있는 것은 많지 않았다

감쪽같은 상황들이 장마철 빗물처럼 흘러 다닌다.

새 1

새가 날아왔다
독수리였던 것 같다

독수리가 사람의 내세를 관장한다는 티베트의 설화가 생
각났다

죽은 조상의 몸을 잘게 부수어 절벽 위에서 던지면
어디선가 독수리 떼가 나타나 삼키고 하늘로 날아간다는

그렇게
그렇게 높이 높이 날아가
사자의 영혼을 천궁天宮으로 인도한다고 했다

불현듯 수년 전 연이어 함께 떠나신 부모님이 생각났다

새가 날아왔다
깃털이 누른색과 검은색을 가졌고 머리에 뿔처럼 높은 털
을 가진 새였다

그가 우아하게 깃을 접는 동안
산꼭대기가 붉고 거대한 알을 삼키는 것이 보였다

난생설화로 태어난 이들은 모두 천제의 자손일까

부모님은
나의 아버지의 아버지의 아버지의 먼 아버지가 계신 곳으
로 무사히 돌아가셨을까
이따금 저녁놀이 붉게 달아오를 때면
태양을 배경으로 새들이 사라지기도 했는데
저들은 어느 사자의 전령사일까

부모님을 인도했던 새도 저기에 있을까를 생각하면
저렇게 붉은 저녁놀 속이 숙연해진다

때때로
남긴 노래의 여운이 그리워 새의 노래라도 부르면
마지막 불꽃을 사르는 태양을 향해 사라지면서 남긴 긴

여운들이
　유성우처럼 흐른다

　멀리서
　새들이 영혼을 부르고 있다

사르가소Sargasso

모처럼 그의 얼굴은 불그스레하다
잠잠한 바다처럼 전혀 흔들림이 없다

라디오에선
여전히 태풍이 북상하고 있다는 속보가 들려온다
이때까지 그의 얼굴에서 보아 온 모습은 평화 그 자체다

우주를 유영하던 어느 유성이
지구를 사랑하여 수직으로 낙하하던 어느 날에도
바람은 전혀 불지 않았던 것 같다

불안의 씨앗은 고요일까
고요하다는 것은 새로운 시작으로 회귀하는 전주일까

오랫동안 앓아오던 그는
여전히 흰 병상에 평화롭게 누워 있었는데
그의 눈을 보면서
안도와 함께

불안이 엄습해 오는 것은 무엇 때문일까

라디오에서는 여전히 태풍이 북상 중이라는데
바람 한 점 없는 이 고요는
그의 얼굴처럼 평화롭다

로더 킬

긴 뱀이 있었다.
머리와 꼬리가 너무 멀어서 단숨에 거리를 지나갈 수가
없었다
사력을 다해서 사선을 건너려는 머리의 의지와는 달리
꼬리는 여전히
멀리서 흐느적거리며 포복하고 있었다

밤이었다
아무도 보는 이가 없다고 생각했다
당연히
쉽사리 지나가는 이도 없으리라 생각했다.
오판의 근원은 순전히 밤이 깔아놓은 어둠 때문이었다

미처 깨닫지 못하는 사이에
머리는 머리의 기대를 저버리고 직사광선으로 빛나는
트럭의 헤드라이트 때문에 눈부심으로 뒤처진
꼬리를 발견하지 못했다

생과 사의 이분법적인 논리는 분명했다
산자의 잃어버린 꼬리와
죽은 자가 상실한 의식의 세계는 끝내
만날 수가 없었다

저기
꼬리를 따라간 머리가 밤새
영혼이 되어 허공을 방황하고 있었다

어떤 상상

마루 밑에 있는 고양이를 부러워한 적이 있다
어떤 구석은 낯 쓴 고양이처럼 둥근 모양의 눈을 가져보
기도 하지만
오래된 전등처럼 적응하는 시간이 걸린다

고개를 들면 사람의 얼굴은 모두 사라지고
웅성거리는 컴컴한 액자 속
알 수 없는 다리들이 기둥처럼 서 있어서
곳곳이 어색하고 희미하다

어떤 구석을 만나면 눈을 감고 싶어진다
어떤 구석은 만날 때마다 처음 온 듯하다
어떤 구석은 전혀 알 수 없는 처음 보는 거리다
지난밤
아무도 모르게 수음을 즐긴 것에 대한 징벌을 받는 것일까
아니, 살면서
나쁜 상상을 수없이 많이 한 벌칙일지도 몰라

어떤 두려움은 상상이 그린 것인지도 모르겠다

어두운 강가에서
누군가가 불쑥 걸어 나온다

저 기다란 사람의 몰골이
초승달처럼 희미한데도
고양이 털처럼 쭈뼛해지는 것은

내가 만들어 낸 상상이 걸어오는 것일지도 몰라

후박나무

동네 어귀에 커다란 후박나무가 한 그루 서 있네
나무 둥치 아래에
염치없이 그늘을 몰아내는 햇살도 있었네

개미들이 꼬물꼬물거리네
개미들 사이로 멀어져갔던 개미 같은 추억이
꼬물꼬물거리네

한때의 삶에 지쳐 허기가 질 때면
그리워지는 것들은 더욱 그리워지게 되네

늙은 후박나무꽃 사이로
추억 같은 노을이 붉게 타오르기 시작하면
오래된 기억들이 더욱 맹렬하다는 것이 아이러니네

후박나무 가지 위에 걸려 있는 순아가
후박나무처럼 팔을 벌리고 있네

어느새 후박나무가 되어버린 붉은 순아

후박나무 가지에 걸려 펄럭펄럭거리며 순아가 웃고 있네

순아처럼 서 있는 후박나무 한 그루가

노을 속에서 붉게 서 있네

불타오르는 후박나무처럼

소꿉놀이하던

순아가 서쪽 하늘로 희미하게 사라지고 있네

관습에 대하여

태어나기도 전에 돌아가신 할아버지가 주기적으로 찾아
오셨다
아버지의 몸을 빌려 꼬장꼬장하게 서 계셨다
집안의 의식은 할아버지의 이름처럼 일사불란하였다

아버지는
한 번도 본 적이 없는 할아버지의 관습을 족보처럼 들고
계신다
아버지는 오래전에 사라졌던
유물 같은 모자를 쓰고 계셨다
동생은 지독한 두통 때문에 머리를 감쌌고
나는 동생의 이마를 어루만져 주었다

아버지의 기일이 찾아왔고
나의 몸을 빌리려는 아버지가 꼬장꼬장하게 서 계신다
나도 모르는 사이에
아버지가 남긴 오래된 모자를 쓰고 있었다
지독한 냄새가 싫어 여러 번 칫솔질했지만

모르는 사이에 익숙하게 해골 같은 족보를 뒤적거리고 있
었다

어느 날
내 몸에서 오래된 냄새가 줄줄 흘러나왔고
나는 뒤뚱거리는 펭귄 걸음으로
아버지처럼 걸어가고 있었다

탄생 설화

방금 말랑말랑한 울음소리가 요란하게 들렸다
세상의 첫 번째 문에서 막 도착한 따스한 울음소리

습기 찬 지문이 아직도 희미한 것은
이제 막 너의 이야기가 시작되었다는 것

소리의 출발이 모두의 시선을 모으는 것은
출발점이 좋다는 전제가 깔린 너에 대한 호기심과 기쁨
때문이지

어느 날
너의 울음소리는 너의 노래가 될 것이고
너의 웃음은 너의 인생이 되겠지만
그것은
많은 굴곡이 너를 당신으로 만들어 가는 자연수自然數의
과정
너의 숫자들이 완벽하기를 바라는 기대가 깔린 것

그러므로

너의 말랑말랑한 울음의 선택은

너의 신화가 시작되었다는 사실과 함께

세상의 울음과 웃음은

모두

네가 만들어가야 할 역사라는 것

아

0에서 막 1이 탄생하는

* 지난여름은 내 생애 처음으로 손주를 보게 된 해다.

상고대

첩첩이 쌓이던 눈동자들이 꼬리를 내리는 어두운 밤
들판에서는 말달리는 소리가 하얗게 쌓여갔다

새벽이 찾아왔지만
밤새 벨벳 연인들의 무도회는 멈추지 않았는데
그들의 얼굴에 온통 핏기가 사라지게 된 것은
순전히
밤새 더욱 왕성해진 바람의 식욕 때문이었다

그 사이
뺏뺏해진 나뭇가지들이
흰갈퀴를 날리며 달리기를 멈추지 못한 것은
바람이 휘두르는 채찍을 감당하지 못했기 때문이었는데

아침이 되어도
여전히
백마처럼 히히힝거리며 눈부신 갈퀴를 날리고 있었다

제2부

청명

처음으로 하늘이 아득해진다고 생각했다
저곳에서 물이 흘러온다는 것은
하늘과 강물의 근원이 같다는 것

먼 곳에서 작은 씨앗이 흘러오고 있다
씨앗은 어떤 기호 모양을 하고 있다
학익진을 펼치면서 막무가내로 달려오는 기호의 무리

문득 새 떼들이
하늘과 강물 사이를 긴 끈으로 묶자
소리와 소리가 부딪쳐 파란 물소리를 만들고 있었다

새 떼들이 그사이를 지나오고 있다

새 떼가 나를 향해 날아오고 있다
내 몸 바깥으로 지나가는 새와
내 몸속으로 날아오는 새 떼들이
나를 조각하고 있다

새 떼가 되어 날아다니는 나의 무리들
햇살이 폭포처럼 쏟아지는
이 맑은 날
새 떼처럼 뚫고 지나가는 무수한 생명의 기원들,

결빙기

계절이 십진법十進法처럼 변해가고 있다

당신에게 사랑을 고백했던 계절은 동사에서 형용사로 변
해간다
저것은
언어가 화석으로 변해간다는 징조일까
오래된 사상 같은 나뭇잎은 벌써 떨어져 나갔다
계절이 주는 동사의 마지막 의식이다

언어가 화석으로 변한다는 것은
모든 형식이 일시에 정지해 버린다는 것
당신에게 고백했던 사랑도 점차 막바지로 다가간다는 것
더 이상 당신의 사랑을 갈무리할 곳이 없어진다는 것
그것은
오래전 자연으로 돌아가신 어머니의 모습처럼
시간이 멈춰버린 현상이라는 것

문득, 어느 강가에서

두꺼운 얼음 속에 갇혀 있던 장난감이 생각났다
그것은 유년기의 화석이었다

유독
내가 사랑을 고백했던 말이나
당신이 사랑한다고 한 말들은 모두 어린아이의 장난감처럼
내가 만든 의식들이
빙하 속처럼 멈춰지고 있다는 것일까?

실은, 고향 집 마당에

고향 집 마당을 생각해 본다
은빛 구멍이 뚫린 검은 하늘을 보게 되면
눈부신 흰 물보라를 따라
허공으로 하얀 기포가 수없이 누수되기도 하지

이른 아침이 되면
치렁치렁한 늙은 수양버들 가지 사이로
당신의 긴 머리카락이 강물처럼 생각나기도 하였고
지천으로 널려 있는 온갖 흔적들은
빛바래질 때마다 모닥불처럼 주기적으로 채색되기도 하
였지

백옥이 눈부시게 깔려 있던 은빛 하늘 끝으로 흐르는 강이
사라진 어느 달밤
황금빛 별들도 사라지고
세상의 눈부신 기억들은 일시에 잿빛이 되어 날렸네

더 이상 고향 집 마당은 채색되지 못했고

허공에는 더 이상 눈부신 강물도 흐르지 않았네

나는
진실로 아쉬웠지만 내 기억 속 많은 것들은
온전히 오래된 그것들뿐이니
그동안 단련된 허전함으로 살아온 나의 고향 집 마당에게
미안하기도 하고
부끄럽기도 하고
실은, 죄스럽기도 한

어머니의 문

그녀가 처음 세상의 문을 열고 들어온 방에서
다시 다른 문을 선택한 것은
첫 번째의 문이 열린 지
열여섯의 해를 맞이하던 해였네

문 너머의 세상은
처음 연 문의 세상보다 훨씬 혹독한 세상이었고
계곡의 물은 훨씬 사나웠으며
일인삼역에다
뜻밖의 역할이 하나 더 주어졌었네

어린 조카가 기어 왔다가
걸어서 세상 속으로 들어갈 때까지 지켜보면서
그녀의 숙명 중 하나가 해결되었다고
생각했었네

다시 오랫동안 강물은 흘러갔고
몇몇 아픈 손가락들의 상처가 아물어가는 동안

계절은 여러 번 지나갔었네

이윽고
새로운 문을 열어야 할 때가
다가왔을 무렵
그녀의 언어는
탁탁거리는 마른 장작 같은 분절음들이
점차
최초의 생명이 탄생했을 때처럼
따뜻하게 흐르고 있었네

그녀는 세 번째의 문을 열고
저쪽 세상으로 가버렸네
흙냄새가 진동하고
따뜻한 바람이 불어오는 곳
오래전부터
아버지가 누워 계신 곳으로 향하는
문이었네

마음속에서만 존재하는 말

1.

입에서 홍시가 곪아가는 냄새가 풍겼다 오랫동안 입속에 가두어 두었던 말은 밤새 삭아지고 있었다 몇 번이고 출산의 기회를 놓친 입에서는 날마다 죽은 말들만 쏟아져 나왔다 꿈속에서 순산했던 말들은 모두 유령처럼 씨앗조차 사라져 버렸고 그런 말은 이른 아침이 되면 사산한 태아가 되어 허공으로 날아가 버린다

2.

간밤에 모처럼 아버지 앞에 쌓인 말을 탈탈 털어 놓았다 다행히 울음처럼 쌓였던 그것들은 모두 순산했다고 생각했고 그렇게 시원할 수가 없었다 그런데 따가운 아침 햇살이 커튼을 비집고 들어왔을 때까지 닫힌 입을 열려고 아등바등했고 순간 완성되었던 말들도 와르르 무너져 내렸다 여전히 입 밖으로 탈출하지 못한 말은 의식 속에서 곪아가고 있었다

3.

십 년 넘도록 한 번도 자세를 바꾸신 적이 없으신 아버지

에게 그동안 나의 말들은 몇십 번이나 변곡점을 통과했는지
모르겠다 정작 시원한 말은 언제나 마음속에서만 존재한다
는 것을 알게 되었다

사슴뿔을 줍다

늙은 아버지의 지게가 생각나는 오후
지푸라기로 이어진 낡은 인연이 색이 바래지도록 땀을 흘
리고 있다
오랫동안 이어진 나그넷길에서 너를 만난 것은
등이 굽고 백색인 아버지의 머리카락 같은 넝쿨 사이에서
멈춘 시간 속을 배회하다 일어난 일이었다

얼마나 흘려야 눈물이 짜다는 것을 실감할 수 있을까
수천 년 동안 이어져 온 시냇물 위에는 여전히 흰 구름이
흘러가고
나는 오래된 외짝의 설화 같은 너를 주워 든다

너는 아버지의 굽은 지게 형상으로 오래된 기억을 지키고
있었으니
모든 시작과 끝은 이렇듯 우연에서 비롯된다는 사실을 아
는지
단순하게 맺어진 인연으로
아버지의 눈물 같은 형체가 그리워지는

세상의 근원을 더듬게 하는 오래된 기억을 주워 들게 한다

입동 아침

하얀 벽에 푸른 하늘이 그려져 있습니다.
젖은 새소리가 떨고 있습니다
코끝이 찡하게 재채기하는데, 지나던 바람이 가발을 벗겨
버립니다
코끝이 붉은 것은
간밤에 마신 술 때문만은 아닙니다

마당 구석에서 쌉쌀이가 꼬리를 내리고 있습니다
당신으로부터 걸려온 전화를 받을 무렵
일방통행으로 달리던 바람이 금목서의 피딱지를 쓸어 담
고 있습니다

언제나 골목을 지나가던 사내의 옷깃은 세워져 있고
막다른 골목에는 고여 있던 바람 대신 낙엽이 층을 이루
고 있습니다
밤새 추위에 떨던 초승달도 늦잠을 잤는지
아직도
서산머리에서 머리를 끄떡거립니다

그동안

냇물은 점차 회색으로 변해가고 있습니다

커피를 마시며

가을 하늘이 눈부시다
이 눈부심은 그리움을 더듬게 하는 것일까
세상의 모든 그리움은 쓴맛일까
세상의 그리움도 오래되면
커피처럼 새카만 빛깔이 될까

커피잔이 놓인 탁자에는 더운 김이 더 이상 나지 않았다
탁자 위에 있던 커피잔은 더 이상 따뜻하지 않았다
커피잔 속에는 더 이상 커피의 흔적은 보이지 않았다

세상의 모든 진리의 종착지가 모향母鄉이라면
그리움의 모향은 커피 빛일까

커피를 마시는 날이면 잠을 뒤척인다.
끝내 잠에 들지 못하고 밤새 뒤척이는 것은
커피 향처럼 그리움의 흔적이 남아 있기 때문일까

밤 같은 낮이나

낮 같은 밤이 이어지는 동안
커피가 몰고 온 이율배반은 모두 그리움의 찌꺼기일까

어느 외진 곳에서 그리움이 머리를 풀고 있다

검은 강

달빛도 희미한 들판으로 흘러가는 수로 속
이리저리 부딪히며 어둠이 흘러간다

검은 뱀이 밤처럼 울고 있는 흑강이
어머니의 뱃속 강물 소리처럼 울리고 있다

검은색은 모든 색의 고향일까
생의 시작이 검은 곳이었고
저기 흘러가는
강물이 어머니 곁으로 가는 길이라면
저 강물도 어머니의 뱃속처럼 포근한 것일까?

밤새 뱀의 울음은 그치지 않았고
자정이 지나고 새벽이 되어 절정에 다다라서야
어머니의 노래 같은
긴 여정은 잠잠해질 수 있었다

그동안 곳곳에

실낱처럼 흩어져 있던 것들이 흑강의 겨드랑이를 향해
끝없이 모여들었고
여전히 어미 뱀의 울음소리를 흉내 내고 있었으니
저것도 어떤 집안의 서사敍事가 분명한 것일까?

내 몸속의 온갖 감각 기관들이
저 길고 검은 뱀을 향했던 것도
그들이
어머니의 세상으로 돌아가기 때문이었을까?

오래된 기억

낙엽이 대열을 이탈하고 있네
길모퉁이에서
노인의 오래된 기억처럼 탈색되어 희미하게 나뒹굴고 있네

한 계절이 사라지면 다음 계절은 꼬리를 물고 따라왔고
낙엽의 귀퉁이가 점차 모서리를 잃어가는 동안
길모퉁이나 돌부리를 지나던 기억들도
안개빛으로 변해가네

마침내
계절이 마지막으로 목격했던 것들을 지우고 흙으로 돌아
갈 무렵이 되면
저장해 두었던 추억들은 서둘러 바람으로 돌아가는데

다만
불쑥 찾아오는 잎새가 자연이 되는 순간
홍조 띤 얼굴로 끝까지 버티던
'당신을 사랑한다.'는 말을 유언처럼 담아두었던

심장만이

서산 꼭대기에서 버티고 있네

지금

바람이 지난 계절처럼 쌓인

당신의 심장을 닮은 기억들이 윤회처럼 옮겨가고 있네

중양절

시월이 찾아온 지도 제법 시간이 흘렀네
푸른 잎들이 시름에 겨워, 하나둘씩 탈색되거나
중년의 머리숱처럼 듬성듬성해져 가네
곳곳에서 성급한 기침 소리가 들리기 시작했고
이미 출발한 대열은 저 앞을 향하네

끝물이 되어 찾아오는 울긋불긋한 일상들은
선명한 개성을 고집하며 더욱 붉은 일상으로 용맹정진하
고 있네

밤마다 창문을 걸어 닫은 지 오래지만
곳곳에서
창틈으로 거칠게 따라오는 피리 소리는 더욱 뚜렷해져
가고
세상은
공수래공수거의 원칙을 몸소 받아들이고 있네

때때로

대열에서 일탈한 낙엽은 내려가는 시냇가에서 닭살 돋는
소리를 내기도 하네

　깨끗해진 하늘이
　더욱 선명하게 핏대를 세우는 동안
　모두
　단출한 차림으로
　점차 경건하게 어머니의 품으로 돌아가고 있네

낙엽

간밤에 당신이 나타나는 꿈을 꾼 것 같다
붉게 파마한 머리카락이 나풀거리는 긴 여운처럼
당신이 바람결에 나부끼고 있었네

오래된 벽면 쪽 흔들리는 창문 너머에선
지금도
당신이 장식되어 흔들리고 있다

식탁 위 밥그릇에서 피어오르는 김이 휘영청 거릴 때마다
바람은 지나가고
바람이 지나갈 때마다
장식된 당신은 흔들거리고
흔들릴 때마다 온통 잡다한 생각들이 산란하기 시작했네

붉게 녹슨 못에 걸려 있는
납기 일이 오래전에 지나버린 전기 고지서처럼
빛바랜 당신에 대한 기억들이
일정한 형태를 가지지도 못한 채 구름처럼

종잡을 수 없이 자꾸만 희미해져 가네

바람이 불 때마다
당신이 생각나지만
나는 더 이상 당신이 기억나지 않는다
오래전에 유행했던 노래처럼
당신이 창틀에서 뿌리던 화려했던 향기가
자꾸만 희미해지고 있다

국화 향을 맡으며

보름달 빛이 연착륙하는 밤
곳곳에서 보이지 않는 것들이
진한 감정을 뿌리고 있다

소리 소문 없는 이 짙은 향기는 어디서 오는가
모두가 잠든 그윽한 밤
곳곳에서 흐르는 향기는 달밤의 고향일까

향기의 근원이 고요함에서 비롯되는 것이라면
이
작고 유연한 것들이 짙은 어둠의 틈새를 뚫고 나오는 힘은
또
어디에서 나오는 것일까
모든 형체나 소리를 초월할 수 있는 것이 향기의 힘이라면
이 향기의 근원은
저기 황금빛 달을 닮았을 것이라는 엉뚱한 생각을 해 본다

모든 향기의 근원이 달빛을 품은 것이라면

모든 그윽함의 어머니는 달님일까

모든 향기의 어머니의 어머니의 어머니를 따라가다 보면
마침내 달빛을 닮은
온전한 향기를 만날 수 있을까

연약하고 부드럽고 형체조차 마땅하지 않은 이것이
모든 향기의 근원이라면
오늘처럼 밝은 달빛 가득한 밤이 되면
이렇게 노란 향기도 소리 없이 분만될 수 있는 것일까

뻐꾸기가 울고 있네

뻐꾸기가 울고 있다
뻐꾸기가 풍선처럼 울고 있다

뻐꾸기의 울음소리가 저렇게 허공을 떠돌아다니는 것은
필시
뻐꾸기의 고향이 흰 구름 너머일지도 모르겠다

뻐꾸기가 날아왔다
뻐꾸기가 흰 구름 속에서 흰 구름처럼 울고 있다
구름과 구름 사이로
뻐꾸기의 울음과 울음이 흐르는 것은
흰 구름이 뻐꾸기의 둥지일지도 모를 일이다

흐르는 울음의 근원을 따라 올라가 보면
막 부화를 마친 울음들이 머리를 드러내기 시작하는데
이것은
비로소 뻐꾸기의 서사가 시작되었다는 뜻일지도 모를 일
이다

둥지마저 마땅찮은 뻐꾸기의 서사가 시작된 지점에서
흰 구름처럼 떠다니고 있다
뻐꾸기의 근거 없는 울음에 뿌리가 생긴다면
뻐꾸기의 울음에도 형체가 생길 수 있을까

뻐꾸기가 운다

뜬금없이 후손을 상실한 휘파람새나 딱새들이
죽은 자식 불알 만지듯 푸드덕거리며 남의 자식 배를 품
는다

뻐꾸기가 울 때마다
자식 잃은 새들은 우는 방법조차 잊어버린다

* 뻐꾸기 : 다른 새의 둥지에 알을 갖다 두고 부화하게 하며, 부화된 새끼는
정작 둥지 주인의 새끼를 땅바닥으로 떨어뜨려 버린다.

아버지 책상 위에 계시네

아버지 10년 넘게 그대로 책상 위에 계시고
나는 자꾸만 아버지처럼 진화해 가네

그동안 하늘의 구름은 몇 번이나 흘러갔는지 모르겠네
주변의 모든 것들은 자꾸만 자연을 닮아가는데
아버지는 계속 그대로 계시네

거울 속에서 내 사회 초년 시절의
아버지가 중얼거리네
"애야 사실은 여전히 어린 너를 물가에 둔 듯
걱정했단다"

아버지는 여전히
책상 위에서
오래전에 하셨던 말씀만 되풀이하시네

제3부

바람 전傳

1

형체도 가지지 못한 것이 온갖 형체를 몰고 다니길 좋아했다 때때로, 어느 막다른 골목에서 영혼을 모두 소진해 버린 건조한 나무 잎사귀를 몰아붙이기도 했는데 이미 바람을 닮아 가벼워진 나뭇잎들은 잠시 당황하는 듯하다가 구석에서 비행접시처럼 춤을 추기 시작했고 일부는 다른 바람을 따라 여행을 떠나기도 했다

2

모든 힘의 배후에는 바람이 있었다 겉보기에는 일정한 간격이나 모양도 스스로의 동력도 없었으며 더더구나 생명도 없는 듯했다 때때로 바람은 기행奇行을 일삼기도 했다 생명도 동력도 없다고 생각했던 바람이 산천을 흔들거나 세상을 바꾸기도 했는데 그럴 때면 사람들은 바람이 신神의 위엄으로 세상에 강림한다고 생각했다 그래서 아무것도 아닌 것이* 그 무엇이 된 것처럼 위엄을 갖추기도 했다

3

형체도 없고 그림자도 없으며 가진 것이라고는 유일하게
절대적인 진리라고 생각하는 공空뿐이었으며 누구보다도
공空의 진리를 잘 알고 실천하고 있다고 생각했다 어떤 날
은 몹시 화가 난 채 막무가내로 세상을 파괴하기도 했는데,
그것은 그가 필요로 해서 파괴한 것도 아니었다 바람의 길
을 무시한 사람들을 향한 준엄한 질책이었음에도 그렇게 알
아차린 사람들은 많지 않았다고 했다 실은 바람의 정체는
도도한 길이었다

* 박영기의 시 「바람행성」 중 "그 무엇도 아닌 것이다"를 변용.

부활

밭모퉁이에 방치되어 있던 한 그루의 고목이 있었다 오래
전부터 부쩍 사는 것을 힘에 겨워했는데 긴 가지의 무게도
겨우 견뎌내고 있었다 바람이 몹시 불던 날이었다 고목은
스스로 자신의 가지를 하나둘 땅바닥에 내려놓기 시작했다
그렇게 며칠 동안 연이어 가지들을 내려두었다

시간이 얼마나 흘렀을까 동쪽 하늘에서 훈풍이 불어오기
시작했다 어떤 날은 비가 많이 내리기도 했다 땅바닥에 있
던 가지들은 얼마 남지 않은 자신들의 생명을 데리고 스스
로 바람을 따라 서쪽 하늘로 날아가기도 했다 흩어져 있던
육신들은 육신대로 스스로 풍장風葬을 치르고 사방으로 흩
어져 버렸다

이듬해, 어김없이 다시 봄이 찾아왔다 어느 날 고목의 뿌
리는 문득 자신의 머리가 몹시 가려워 견딜 수가 없었다 그
의 몸 구석구석을 살펴보고는 머리끝에서 송아지 뿔처럼 작
은 혹이 자란다는 것을 알게 되었다 시간이 흐르면서 혹은
점차 사슴뿔을 닮기 시작했는데 그는 그것을 그냥 지켜보기

로 했다

  다시 바람이 심하게 불던 어느 날이었다 문득 뿌리는 자
신의 의지와는 상관없이 자신의 육신이 심하게 흔들린다는
것을 알게 되었다 깜짝 놀라 몸 구석구석을 살펴보니 사슴
뿔 같은 혹이라 여겼던 자리에 새로운 가지가 길게 자라 있
었다는 것을 알게 되었다 한참 골똘한 생각에 빠졌던 뿌리
는 내일 모래가 되면 푸른 잎사귀를 둔 긴 가지에서 예쁜 꽃
도 피게 될 것이라는 엉뚱한 생각을 하기 시작했다

진주성에서

　진주성에 비가 내리고 있다
　계사년의 바람처럼 장엄한 소리를 내면서 성벽으로 남강
위로
　화살이 꽂히고 있다
　저 빗소리의 근원이 계사년의 그 화살 소리라면
　묵직했던 함성이 떨어지고 있는 저 비의 먼 조상이 화살
이라면
　저 비의 전생은 계사년에 쏟아졌던 그 화살일지도 모르
겠다

　저 소리가 하나의 역사가 되어 한 방울의 비가
　떨어질 때마다 한 개의 흔적으로 환생하는 것이라면
　저 성벽 사이사이나
　저 성벽 옆으로 흐르고 있는 남강 물결 위에는 그동안
　얼마나 많은 흔적들이 박혔다가 흘러가기를 반복했을까

　모든 함성의 근원이
　저 성벽에 부딪혀 떨어지는 빗물이라면

그 빗물이 푸른 강물이 되어 흐르는 것이라면

그때 뿌려졌던 수많은 역사가 저렇게 푸른색으로 진화한
것이라면

이렇듯

내 온몸 구석구석에서 피의 냄새가 나고

묵묵히 서 있는 저 성과 시퍼렇게 흐르는 남강물이

내 몸 깊은 곳에 잠들어 있던 온갖 감각기관을 깨우는 의
식이라면

나의 전생도 저 성벽에 박혀 있는 이름 없는 역사의 흔적
이라는 것일까

그동안 내리던 비는 잠시 소강상태가 되었고

함성의 소리가 미미해진 뜻은

오래된 서사가

성벽에 뿌려진 어느 먼 조상의 흔적들을 진혼하고 있기
때문일까,

* 계사년 : 임진왜란 때 제2차 진주성 전투가 일어났던 해

흰 구름을 닮았다

한여름 낮 햇빛을 차단하는 흰 구름처럼
한낮의 더위를 차단하는 오래된 기억을 잡아보았다
새 떼의 무리처럼 더 높이 올라간 기억과 기억들
당신의 영혼은 어느 구름 사이에서 서성이는가

구름의 형상 같은 그것이 세월처럼 펄럭이는 뜻은
세월이
흰 구름을 닮아가기 때문일까

바람이 불 때마다 수초가 일렁거린다
강물이 흰 구름처럼 흘러가도
고여 있는 형상과 형상들의 건더기들처럼
당신은 언제 고갈되나

심장 속에 박혀 있는 형상이나
소리가 우후죽순처럼 자라는 오후는 그리움의 고향인가

당신의 행적은 늘 거기에 고여 있다

오래전에 지나갔던 참담함이
때때로 소나기가 되어 쏟아질 때마다
당신과 나는
거기와 여기 사이에서 배회하고 있었는데
문득
세상의 기억은 흰 구름을 닮았다고 생각한 것이
바로 그때부터였던 것 같다

장미를 보면서

세상의 일들이 궁금해지는 계절 너는
담장 너머로 기웃거리다
탑 아래에 쓰러져 잠든 지귀志鬼를 발견하였네

쉽게 마음을 보이는 것은 부끄러운 일이었으므로
몸속 깊숙이
지독한 향기를 품은 채
날카로운 가시로 위엄을 치장하였지만
이따금
본능처럼 찾아오는 사랑만은 거부할 수가 없었는데
따지고 보면
지귀가 불귀신이 된 것은 순전히 그 본능 때문이었네

너의 붉은 핏속에는
지상에서 가장 아름다운 심장이 뛰고 있었지만
늘 여전사의 날카로운 칼날로 위장되어 있었는데
그것은 성골의 기품을 가진 여왕의 피가 흐르고 있었기
때문이지

그러므로
네 부족은 여인족이다

지금
지귀가 육신을 사르고 있는데
한창 무르익고 있는 소신공양의 붉은 향기가
겹겹이 너의 눈부신 팔찌처럼 활활 타오르고 있는 것은
네가 붉은 심장을 가졌기 때문이다.

저녁 강가에서

별이 흘러가네
달그락달그락 흘러가네
출발점과 도달점이 보이지 않는 한길
매일 밤 당신은 세포분열을 하고 있다

당신은
각자의 모양을 조각하면서
한 번도 같은 모양인 적이 없었으므로
언제나 각자의 개성을 가지고 있다

당신의 본능은 언제나 야행성이면서
영원永遠이기도 하지
그러므로
만날 때마다 우리는 언제나 현재 진행형이라는 것
매일 밤 당신은 선한 자의 영혼처럼 눈부신 현실을 뿌리
고 있다

당신은 흐르는 하늘이다

당신은 어둠 속 구세주다

멀리 물의 제국으로 향할수록
당신의 본능은 유리 조각 같은 전생의 흔적을 뿌리며
곳곳에서
수면을 할퀴고 있다

저기 당신의 영혼이 달그락거리며
어둠을 긁어내는 동안 당신의 손톱자국은 자꾸만 반짝거
린다

절정은 울음이다

매미가 운다
매미가 염치없이 울고 있다
매미의 울음소리는 검붉다
붉은 놀처럼 매미의 울음이 붉게 타오르고 있다

모든 기쁨이나 슬픔이 절정에 다다르면
울음이 된다
매미의 울음에는 어떤 절정이 머무르고 있는가

오랜 기다림 끝에
네 번이나 탈을 바꾸어 쓴 얼굴 끝에 찾아온
저 우렁찬 절정이 울음이라면
저 자지러지는 울음의 씨앗은 묵은 수행의 뿌리일까
아니면,
수년 동안 묵혀온 오도송悟道頌이 검붉은 울음이라면
울음 속에 담긴 씨앗은 절정의 염색체라는 것일까

저 붉은 울음이 저녁놀을 닮았다면

하루가 사라지는 아쉬움이 씨앗이 되어
저렇게 맹렬하게 불타오르는 절정이라면
하루의 마무리를 어머니처럼 요란한 저녁놀을 품는 것이
라면
누가 차가운 물 한 바가지인들
저 끓는 용광로에 쏟아부을 수 있겠는가

매미가 저녁놀처럼 울고 있다
온종일 끝에 찾아온 저 아름다움의 절정이 붉은 놀이라면
오랜 기다림 끝에 찾아온 짧은 생의 희열이 울음이라면
매미의 어머니는 분명 붉은 용광로에서 끓어오르는
절정 같은 붉은 울음이리라

* 매미는 알로 태어나 애벌레 등 네 번의 변태 끝에 7년 만에 매미로 탄생하
지만, 매미로서의 삶은 7~20일에 불과하다.

경칩 날 아침

동안거가 끝나갈 무렵이 되면
우리는
살벌했던 지난겨울을 잊어야 할지 모를 일이다
뜬금없이 얼룩말이 생각나던 지난겨울의 긴 어둠과 흰
눈은
겨울이 남긴 기억의 잔재일지도 모를 일이다

나무들이 무장해제당했던 계절
선사 시대 동굴벽화 속 신비함이나
상형문자를 둘러싼 궁금했던 사연들이
무조건 생각났던 것은 지난날의 트라우마일지도 모를 일
이다

저기
안개 낀 호숫가에서
어린아이 가슴처럼 눈을 뜬 홍매가 걸어오는 것은
우리의 기억 속에 잠재되었던
말라비틀어진 겨울을 심폐소생술 한 결과일지도 모를 일

이다

　구름이나 물이 흘러가듯
　납자가 길 떠날 채비 하기 좋은 날을 택일하듯
　저기 골짜기 사이로 떠도는 운수납자가 봄을 알리려는
것은
　새로운 생명을 불러들이는 의식이 시작되었다는 소식일
지도 모를 일이다.

카르마

그때 당신과 눈이 맞아서 한평생을 함께했더라면
비극 같은 지금이 희극이 될 수 있었을까

그때 눈이 맞아 한평생을 당신과 함께했더라면
유언을 들어보지도 못하고 보내드린 내 아버지에 대한 기억을 멈출 수 있었을까

심장과 눈의 차이에 대해서 생각해 본다
그때 당신 눈은 나의 심장 소리를 정확하게 들었을까?
나의 심장은 당신의 눈동자 속 그늘진 곳을 정확하게 읽었을까?

먼 길 걸어가다가
어느 외진 곳에서 우리가 해후한들
당신이 숨겨두었던 그늘을 새삼스럽게 밝힌다거나
아버지를 미처 배웅하지 못한 것을 생각해서 뭣하겠는가
다만,
나는 한 번도 당신에게 등을 보여준 적이 없었는데

당신은 쉽게 뒷모습을 보여주었으니

　인제 와서
　당신이 보여주었던 몸짓에서 모호함이 존재했다고 말할
수도 없는 일

　우리가 어느 도회지의 한길에서 우연히 만나 어색한 웃음
을 짓게 된다면
　우리의 탓이 아니라고 해도
　한쪽이 아리고 어색해야 하는 것은
　또 무슨 업보인가

봄날

살구나무가 귀를 쫑긋하고 개처럼 서서 오줌을 누고 있
었다
붉은 피를 흘리는 듯 흐드러지게 뿌려지는 꽃비
초록 잎사귀를 피우던 매화가
삶이란 회자정리의 과정이라며 어깨를 두드려 준다
살구나무와 매화나무가 공유하는 영역에
맑은 봄비가 내린다

풍장의 서사

뜻하지 않게 새는 승용차를 향해 돌진해 왔다
붉은 반점이 돋은 승용차는 별처럼 어둠 속을 달리게 되
었다
새는 아스팔트 위에서 긴 잠에 빠졌다

그동안
여름 가뭄은 계속되었고
건조한 바람만 끝없이 불어왔다

한 무리의 까마귀들이 여러 번 연착륙을 시도했지만
그때마다
핏대를 세운 승용차는 전방을 향해 맹렬하게 달리기만 했다

새는 육신을 버리며 해탈을 꿈꾸었는데
어느 날
가벼운 몸이 된 새는 바람을 따라 허공으로 완전히 날아
가 버렸다

노을이 불타고 있네,

산과 하늘이 불길에 싸여 있다
모든 타오르는 것들의 근원은 저 붉은 빛일까

저렇듯 아우성치는 것들을
당신은 피의 냄새가 진동하는 울음이라고 하지만
나는 골짜기마다 들려오는 노랫소리라고 한다

당신의 생각처럼 모든 생명이 탄생할 적에는 피를 흘려야
한다면
활활 타오르는 저 산은 어떤 생명을 분만하고 있는가?

저 불길 속에서 붉은 울음소리가 들린다면
저 붉은 노을이 노랫소리라면
모든 소리의 근원은 붉은 노을일까

저곳이 모든 소리의 근원이라면
소리는
또한 생명의 종착지이기도 하는 걸까

저기서
저 무수한 소리가 생명을 이끌고 내려오고 있다
저 산등성이 위로 넘쳐나는 뜨거운 생명이 솟아오르고
있다

저렇듯
하늘과 계곡 사이에 박혀 울부짖는 소리는
또
어느 어머니의 노래일까,

가습기

세상이 왜 이렇게 건조해져 갈까
거북 등껍질처럼 갈라진 저수지 밑바닥이 보인다

낮잠에 빠지게 되면 불시에 마른기침이 찾아왔고
주변에는 늘 요란한 소리가 들렸는데
이것은
세상이 삭막해져 간다는 전주일까

불현듯 오래전 사촌 누님이 의식을 잃은 채
병상에 누워 있던 날들이 생각났다
머리맡에는 가습기만 쉴 새 없이 돌아가고 있었지만
정작
두 눈을 감고 있던 그녀는
종일 한마디 말도 없었음을 기억하고 있다

소금 빛 병실에서
숨 막히는 건조함은 오랫동안 지속되었고
오래도록 그 일이 내게는 트라우마로 남게 되었지

그날

쉼 없이 가습기가 돌아가는 동안

뜬금없이

세상이 점점 삭막해지고 있다는 생각을 하게 되었고

서로가 건조한 감정을 숨기면서도

숨길 수 없는 독백 같은 소금 빛 감정을 달래기 위해서라면

바닥이 훤한 저수지 같은 가습기도

가끔은 필요하다고 생각하게 되었다

오랫동안 보지 못한 친구

바람이 불어왔다
흔들거리는 나무들이 오래된 삭정이를 떨치고 있다

겨울의 원초적인 재질은 슬픔일까

발뒤꿈치의 굳은살 같은 슬픔이 몇 번이나 떨어져 나갔는
지 모르겠다

저것도 처음엔 새싹으로 태어났을 것이고
힘차게 가지를 뻗어가던 시절이 있었겠지만
썩은 삭정이가 된 지금은
약한 바람에도 떨어져 나가고 있다

불현듯
오랫동안 만나지 못한 친구의 얼굴이 떠오른 것은
계절이 온통 흰 눈으로 덮여져 가고 있기 때문인지 모르
겠다

십이월도 지나가고 다시

새해가 찾아오는 동안

세태가 변하고 있다는 것을 바람은 충분히 보여준 셈이다

풍문에

바람을 받아들인 그는

다시 네 발로 걸어 다닌다고 한다

유난히 추운 겨울을 그는 굳은살처럼 몸으로 그려내고 있

는 셈이다

하지

새가 날아왔다
새가 마루에 걸터앉았다

바람이 불어왔다
바람이 마루를 스치고 지나가는 동안
새가 날갯짓을 했다

나뭇가지가 흔들렸다
새도 따라서 날갯짓을 했다

그림자가 땅바닥에 주저앉은 채
가장 낮은 자세로 쳐다보았다

새도 쉴 때가 된 모양이다
그제야
나뭇가지도 고요히 멈추었고
한낮의 정적이
한여름 속으로 빠져들고 있었다

제4부

새 2

새가 날아왔다
마당 곳곳에서 톡톡 튀는 새들

새들이 날아왔다
마당 너머로 텃밭으로 굴러다니는 새들이 고추나무를 흔
든다

새들이 날아왔다
나뭇가지에 매달려 있는 새들이
가지와 가지 사이에서 솔방울처럼 바람에 흔들린다

들판에선 농부들이
요란하게 먹구름처럼 지독한 잿빛 소음을 뿌린다

까치와 곤줄박이와 참새들이
일제히 마당으로 모여든다

새들은 요란하게 마당을 점령한 채

바람이 전하는 희귀한 전설들을 각자의 독백처럼

노래 부르는 새들의

노래가

다양한 유전자처럼 멋대로 흩어지고 있다

새 3

아이들이 하교한 교실에 혼자 있었다
어떻게 들어 왔는지
새 한 마리가 들어와 창을 향해 부딪히기를 반복했다
저러다 머리에서 피가 날 것 같다
창문을 열어 주었다

나의 흔적 때문일까 새는
반대편 창문을 향해 부딪히기를 반복했다
다시
모든 창문을 열었다

문으로 나간 새가 이번엔
복도 창문에서 부딪히기를 반복했다
복도 창문도 열어 주었다

멀리 창공으로 날아가는 새를 한참 동안 지켜보았다

그제야

그동안 갇혀 있었던 것은
새가 아니라 나였다는 것을 깨닫게 되었다

새가 어리석었던 것이 아니라
나의 어리석음을 새가 깨우쳐 주고 갔던 것이다

뫼르소의 변명

— 아파트 옥상에서 고양이를 던진 이유가 무엇입니까
— 너무 시끄러워서요

— 면식도 없는 여성을 귀가하는 길목에서 구타하고 혼절
시킨 이유가 무엇입니까
— 술에 취해서 기억이 나지 않습니다

— 해변에서 아랍인을 살해한 이유가 무엇입니까
— 태양이 너무 눈을 부시게 했기 때문입니다

말이 되지 않는 말의 시대
사기꾼이 민중의 지지를 받는 순간
소크라테스는 독배를 마시게 되었고
이교도의 고양이가 아파트 옥상에서 날갯짓하는 동안
예수는 십자가에 못 박히게 되었지

이유 없이 린치당한 소녀가 피멍들 무렵
썰물처럼 빠져나가는 정의를 보면서
달님도 이방인처럼 구름 속으로 숨어버렸네

* Meursault : 카뮈의 『이방인』에 등장하는 인물로 아랍인을 살해함.

몽타주

때때로

기억은 현실로 등장하기도 하지

당신이 포착한 형상을 마음속에 저장해 두는 것을 업業이
라고 하자

업이 그림으로 재탄생하는 것을 보報라고 하자

당신은 그림으로 탄생하기도 하고

사진으로 탄생하기도 하는 이 얽힌 과정을

업보라고 하자

오랫동안 생각 속에 침체해 있던

당신을 복제하는 것이니

당신의 전생들이 꿈틀거리며 또 다른 당신을 복제하는
동안

꾸준히

가슴 졸이는 당신들의 영혼들

저기서

업경대業鏡臺의 카르마가 당신을 향해 다가오고 있다

딸기 우유를 생각하면서

붕어빵 속에는 붕어가 없다는 사실이 생각나는 오후

발가락이 닮았다*는 진실 속에는
쭉정이 알갱이들이 만들어 낸
흔적만 남긴 석녀의 기원들로 가득하다

오랫동안 쌓이고 쌓여 누적된
무정자의 정액들이 쉼 없이 돌아가는
거대한 냉장실의 자손들

딸기 맛이 나는 우유에서
어색한 근원의 슬픔을 느낀다

향긋한 흔적을 가진 세포나
살점 속 깊숙한 곳에 숨겨두었던
그 작고 단단한 알갱이의 흔적은
한 번도 씹어 본 적이 없다는 진실을 숨긴
생의 기원들은

어디로 갔는가

발가락만 닮은 채
에미 애비 없이 태어난
근본 없는 후레자식들의 후손들처럼

여태껏
찰지고 기름진 족보의 내력에 대해서
한 번도 들어본 적이 없는,

* 김동인 소설에서.

고추잠자리

마당에 고추잠자리가 날아 왔다
비단보다 얇은 부채가 바람을 일으킨다

공중 부양을 하는 무늬가 박힌 하늘

때때로
오물거리는 입에서 구름이 뿜어나오기도 하고
눈에서는
파란 물이 폭포수처럼 흘러넘치기도 한다

본능처럼 반사되는 푸른 슬픔을 잔잔하게 흘리면
태양을 향해 날아가는 영혼이 붉게 물들어 간다

지금
오래전 떠나간 슬픈 애인이
뚝뚝 떨어지고 있다

쪽빛으로 쌓인 기억들이

두 개의 창문으로 반사되고 있는 동안

고추잠자리는 갠지스*처럼 타오르고 있다

* 인도인들은 대부분 사후 갠지스강에서 화장되기를 희망하고 있다.

요양 병동에서

바람이 불어오자
수런거리는 나무들이 일제히 푸른 잎사귀를 떨쳤다

자작나무를 비롯해서 신단수 월계수 보리수가 수수수거
린다
각자의 사연을 가진 만큼 사연들도
나무의 수와 같이 수수수하다

각자의 나무들은 오래된 내력을 가진 상처를 하나씩 품고
있다

낡고 피로에 지친 나무들이
잎사귀를 흔드는 동안 심하게 몸부림치거나 떨어지고 있다
늙은 나무들은
가지가 부러지거나 밑둥치가 대지 깊숙이 들어가 점차 흙
이 되기도 했지만,
뜻하지 않게
어린 가지들이 둥치처럼 자라기도 했는데

그러는 동안
그들은 한결같이 비장한 각오를 하거나
불안한 눈을 파르르 떨거나
아예 무표정하게 늙은 몸뚱이를 방치하기도 했다

때때로
어떤 나무들은 사람처럼
엉엉 울기도 하고
각자의 사연에 따라 활짝 웃기도 했는데
모두
나무들이 모여든 병동에서 있었던 일었고
바람이 세차게 불어오는 외진 병원으로 찾아온
가을날이 저녁노을을 뿌리던 날이었다

십일월

오랫동안 머리를 감지 못해 비듬이 떨어진다고 생각하던
날이었다
어떤 나무는 오래전에 지나간 강가에서 여름처럼 발가벗
기도 했다

저수지의 잔물결을 보는 순간 팔뚝에서 닭살이 돋아났고
붉은 단풍처럼
아름답다고 생각했던 계절이 을씨년스럽다
자포자기하면서 왔던 길로 되돌아가는 사람이 점차 늘어
나거나
건조해진 표정으로
무덤덤하게 다가올 그들의 끝자락을 생각하고 있는 듯했다

죽음은 왜 안식과 단풍빛 같은 화려함으로
생을 유혹하는가?

어떤 노승이 말했다
이곳의 인연이 다하여

저곳에서 새로운 인연을 만들어 볼까 합니다*

호수에 낙엽이 가득 떠 있던 날
빛바랜 기억들이 철새처럼 몰려다닌다

* 자승 스님의 열반송.

동짓날에

어둠이 모든 형체를 숨겨버렸다
어둠은 모두의 모향母鄕일까
형체가 사라진 영혼들이 태아처럼 깊이 잠든 밤

문득
뒤란의 대나무들이 큰소리로 울부짖기 시작했는데
태아 시절을 그리워하는 의식처럼 들린다

내게도
대나무처럼 전생에 대한 기억이 남아 있기 때문일까
어쩌다 지나가는 바람 소리에
어머니를 제일 먼저 찾았던 것이나
예민한 그리움이 본능처럼 움트던 시절이 생각난다

세상의 극과 극은 정말 서로 연관성이 있는 것일까
어둠에 대한 기억이 그리움과 두려움으로 공존하고 있다
는 사실이 아이러니다.

이 또한 한때의 계절이 지나가듯, 때가 되면
이 깊은 밤도 지나갈 것이고
새벽은 다시 찾아올 것이다
그러면
사라졌던 형체들도 마침내 맑은 영혼과 함께 다시 찾아올
것이다

그러니
서두르지 마라
서두르지 마라
서두를 일이 아니다.

지동설

하늘이 흔들흔들하는 것은
멈추지 않는 심한 지동설 때문이리라

잠을 청하는데
자꾸만 화산이 분출하려고 한다

화장실 변기에서 물 내려가는 소리가 길게 이어지는 밤

나는 네발로 걸어 다니는 짐승이다
나는 지금 지동설의 진리를 몸소 체험하고 있다

초저녁의 잔여물들이 목구멍에 걸려
딸꾹거리는 밤
흔들거리는 거울에서 지난밤의 흔적들이 어수선하게 누
수되고 있다

내가 흔들거리는 동안 당신은 사라지고
내가 침대에서 노를 저어가는 동안

구취가 진동하는 노 젓는 소리만 들린다

늦은 밤 동안 당신을 향한 지동설은 멈추지 않았다

그때마다

노인보다 훨씬 나이 많은 집이 있었네
세월에 간신히 버티며 밤마다 어린 노인을 감싸주었고
어둠이 배설될 때마다
달님은 노인의 초라한 등짝으로 연착륙했는데
그때마다 뒤란의 대나무도 고개를 끄덕이며 졸기 시작했네

때때로
석양이 이른 자취를 감추는 날이면
바람이 그윽하게 노래를 불러주거나 오래전
숲으로 돌아간 아내의 소식을 전해주기도 했는데
그때마다 별들도 걸음을 멈추었네

어느 날 노인이 문밖을 나서자
도회지에서 떠돌던 아들이 환생이라도 한 듯
야생 고양이 몇 마리가 바지 깃을 문질렀는데
그때마다
삭정이 같은 손으로 목덜미를 어루만져 주었고
작은 영혼은 노인의 손을 받아들였네

대나무들이 흔들리는 달밤엔
그들이 함께 노래를 부르기도 했는데
그때마다
노인은 점차 달님이 되어가고 있었네

섣달그믐

늙은 길고양이가 밤새 울고 있네

이따금
양쪽 세계를 이어주는 역할을 한다는 속설처럼
검은 고양이가
생명이 없는 것들이라 생각한 것들에게도 본능을 불어주네
섣달 밤바람이
생명이라고는 한 방울도 남지 않은 마른 잎사귀들을 끌고
다니네
가진 것이라고는 아무것도 없다고 생각했던 나뭇가지에서
길게 음률이 이어지고 있네

겨울바람은 영혼을 가지고 있는 것이 분명하네
이 마을에는 겨울이 되어도 눈은 잘 내리지는 않았지만
해마다
마을의 원로 한 분이 꼭 길고양이를 따라
먼 시간 여행을 떠나시네

이렇게 긴 밤이 계속된다는 것은

두려운 일이네

진작부터 굳게 닫힌 대문 안쪽으로

밤새 외등은 흔들렸고

외등이 흔들릴 때마다

길게 검은 길고양이 울음소리가 이어지고 있네

콜럼버스의 관(Sepulcro de Colón)

영혼을 잃어버린 육신이 신대륙에서 방황한 전력이 있지요
지금쯤
당신의 영혼은 천국에 안착했을까요
황소와 황소의 지루한 싸움의 종점에서
살아남은 자의 일방적인 승리가 된 까닭은 순전히
유체 이탈을 감행한 당신의 탓이지요

마침내
에스파냐의 전통처럼
떠돌아다니던 육신은 세비야 성당으로 돌아왔지만
당신의 의지는 아니지요

허공으로 떠돌아다니는 무덤 속은 편안하신지요

곤히 잠든 동안, 당신의 심장 뛰는 소리는
이미 흙으로 돌아가고 있겠지요
사자의 원망도 점차 바람이 되어갔지만
성당 구석구석으로 흩어진 어둠처럼 영혼은

여전히 허공으로 날아다니고 있겠지요

이제는
생전에 심어둔 황소고집도 좀 꺾였을까요
죄책감은 아직도 영혼처럼 매달려 바람에 날리고 있을까요

세비야 성당에 흩어진 바람이
오래전부터 길을 잃고 헤매고 있어요

* 세비야(sevilla) 성당 : 콜럼버스의 관이 안치된 곳으로 스페인의 산타크루즈에 있음. 스페인 정부의 인디언 학살 문제로 '죽어도 스페인 땅을 밟지 않으리라'고 유언을 남겼지만, 스페인 정부의 의지로 이곳에 안치되었음. 4대 왕국이었던 카스티야, 레온, 나바라, 아라곤의 네 명의 왕의 동상이 그의 관을 메고 있어서 그는 죽어서도 허공에 떠 있는 셈이 됨.

돌담길

날이 밝아오자
뱀이 똬리를 풀고 길게 풀밭에 누웠다.
허물 한번 벗지 않고 천 년을 버틴 염원
버짐이 된
곳곳의 이끼는 세월을 기록하는데
눈여겨보는 이 하나 없는 긴 꼬리를 따라가면
우로보로스Ouroboros 신화를 닮은 외길

검붉은 시간을 삭히는 거리로 들어서면
이른 아침이 찾아오는 동안
이슬은 오래된 그의 몸뚱어리 사이사이로
시간의 흔적을 덧칠한다

지금 막 새로 생긴
별 모양의 아메바가 푸르게 푸르게
오래된 버짐이 되어 그의 몸속으로 파고드는데
여전히
습생과 양생을 이어가면서

구불텅구불텅
끝없는 시간의 여정 속에서
염불처럼 세월을 외며
길게 누워 있다.

봄바람이 지나가는

뭔가가 지나간 것 같다
흔적은 보이지 않고 영산홍만 흔들거리는

투명한 상처처럼
당신의 발자국은 보이지 않고
습관처럼 흔들리는 향기뿐이다

방금 지나간 여운에 고개를 돌려보면
창 너머엔 아무것도 보이지 않고
뭔가 스친 듯 살짝 지나간다

아직도 누른 잔디가 깔린 마당에선
매화꽃 지는 소리뿐인데

보이지 않는 당신은
쓸데없이 마음만 흔들고 마는…,

서른여섯 해
— 교단을 물러나면서

맹렬한 추위도 점차 누그러진 우수雨水처럼
화창한 날씨
새로운 꿈을 시도해 보기 딱 좋은 계절
나는 또 다른 여정을 위해 새로운 길을 떠나려네

서른여섯 해!
희로애락으로 점철되었던 영욕으로
진화를 꿈꾸었던 사연과 사연들

가끔
바람이 전해 준 소식들로 마음이
흔들리기도 했었지만
아름다운 족쇄라고 여겼던 가장의 자리를 돌아보면서
내 젊음의 사연도 점차 겸손해지기로 했었지

저기
소용돌이치던 냇물이 강물이 되어 흘러가네

그동안
말하는 법이나
우는 법이나 웃는 법들은
의식보다 무의식이 먼저 반응을 보였던 긴 터널 속

미명으로 주저하던 시간과 시간을 지나면서
오늘은
터널의 끝자락을 벗어나는 날

제법 큰 나무가 되어버린
어린나무와 어린나무들은
오랫동안 기억 속에서 뿌리를 내리고 있지만
나무의 이름들을 하나하나 기억할 수 없는 것은
회자정리가 가져다준 변명 같은 순환논리 때문이라고 몰
염치하게 자위해 보네

다만
뜻밖의 시간과 장소에서

어색한 해후를 하더라도, 함박

웃을 수 있었으면 하는 것은 예쁜 인연에 감사하는 뜻이지

계절에 어울리지 않게 모처럼 추위도

사라진 오늘

새들이 나뭇가지에서 노래 부르고 있네

이제는

남아 있는 친구를 위해 우산을 건네주어야 하네

"이렇게 화창한 날 우산이라니,"

의아해할 친구를 향해

"지금은 화창한 날씨지만 모르는 사이에 비가 올 수도 있

는 것이 천기라네 친구!"라고

말해주려네

친구의 말처럼 오늘은 정말

따스한 날인 것 같네

"뿌리"의 '겸손함', 순정한 언어의 행로

김정현

(문학평론가)

1

서정시란 무엇인가란 질문으로부터 글을 시작해 보려 한다. 우리 주변에 있는 사람들에게 만약 해당 질문이 주어진다면 대체로 어떤 대답을 들을 수 있을까. 예측되는 일반적 반응은 아름다운 자연을 보여주거나 따뜻하고 평온한 일상을 그려낸다는 대답일 것이다. 이는 우리들에게 주어져 있는 서정시란 당연한 관념 그 자체이기도 하다. 그런데 과연 정말로 그렇다고 확언할 수 있는가. 서정시가 그저 아름다운 자연 풍경이나 따뜻한 일상을 다루면 자신의 존재론적 이유를 다하는 것이라고, 왜 우리는 생각하게 되는 것인가. 손쉽게 그렇다고 말하기 어렵다는 점이 문제라면 문제일 것 같다.

아름다움으로 또는 평온함으로 우리에게 보여지는 수없이 많은 시들의 대표적 사례는 아마도 지하철 스크린도어 시일 것이다. 출근과 퇴근이라는 쳇바퀴 같은 일상 속에서 사람들을 안온하게 위로하기 위한 시들. 힘든 하루를 견디기 위한 사람들을 힐링하기 위해 존재하는 속삭임들. 그 어떤 내용을 말하건 간에 일종의 보편적 목적성을 가진 언어들. 그리하여 또다시 지겹게 반복되는 일상을 버티기 위한 마음의 양식이라 생각되는 것들 속에 우리는 늘상 둘러싸여 있다.

그러니 다시 한번 생각해 보자. 무엇이 서정시의 힘이 될 수 있는가. 이 언어들과 이미지들은 언제나 우리를 편안하게 위로하거나 아름다운 풍경의 재현이어야만 하는가. 거창할 수 있겠지만 질문을 더 확장해 보자. 우리의 행위들 그러니까 문학 혹은 예술이란 그저 있기에 가치가 존재한다고 하기 어렵다. 예술이란 돈이 되지 않는 무가치한 행동들의 근본적 존재 이유로 사람들을 위로하며 단지 편안하고 안락하게 만드는 것에 불과한가. 그렇지는 않을 것이며 그렇지 않아야 한다. 그 어떤 충격이나 새로움이 없이 주어지며 그리하여 우리의 사유와 생각과 마음을 뒤흔들 수 없는 당연하다면 당연한 말들. 그 수없이 반복되는 힐링이자 소위 서정시의 세계들 속에서 사실 우리는 위치해 있을 뿐인지도 모르겠다.

　서정시의 본질과 존재이유를 어느 순간 잊어버리게 되었다면. 그렇다면 적어도 한 가지 확실한 것은 다음과 같다. 시와 문학 혹은 예술이란 당연한 생각과 마음들을 뒤흔들고 파괴하며 그리하여 우리의 인식을 보다 넓게 확장하고 깊이 있게 형성해 가는 사유의 과정이라는 점. 오해하지 않기를 바란다. 이런 생각을 내비치게 되었을 때 이 말의 본의가 난해하거나 추상적인 젊은 시인들의 파괴적 경향에 대한 말로서만 이해되지 않아야 한다는 것을. 그 어떤 시든 좋은 시는 나를 변화하게 하고 바꾸어 나가며 읽는 이의 삶을 뒤흔들 수 있어야 한다. 익히 알고 있는 수많은 예시들을 들지 않아도 말이다.

　요는 이것이다. 좋은 시란 무엇인가. 그것은 우리를 어떻게 사유하게 만들고 어떻게 인식하게 만들 수 있는가. "미안하기도 하고/ 부끄럽기도 하고/ 실은, 죄스럽기도 한"(「실은, 고향 집 마당에」) 우리의 마음이 있어야 한다면. 그 마음과 감정들을 통해 우리는 어떻게 변화되고 달라지며 나아갈 수 있는가. 이창하 시인의 시집 『사슴뿔을 줍다』(한국문연, 2025)를 일별하고 났을 때 들었던 생각이 이와 같았다. 우리에게 좋은 서정시란 무엇이며 무엇이 되어야 하는가. 이 글은 그러한 질문에 대한 필자의 생각에 불과할 뿐이다.

2

시인의 시집을 전체적으로 읽어나가면서 그리고 시인의 말에 기록되어 있듯 이번 시집의 가장 중요한 화두는 '그리움'이라는 것이 확연히 느껴진다. 그런데 '그리움'이란 단어를 사용하게 되었을 때 여기에는 약간의 오해가 있을 수도 있겠다는 생각 또한 들게 된다. 그러면 확인해 보자. 시인이 말하고자 하는 그리움이란 도대체 무엇인지를.

겸손하신 아버지
저도 아버지를 닮아 나이가 들어가고 있습니다
저의 언어도
아버지를 닮아가고 있을까요?

시인의 말에서 우선 주목되어야 하는 부분은 이 문장들이 당연한 방식으로 이해되지 않아야 한다는 것이다. 찬찬히 이 문장들을 살펴보자. 의심되지 않는 방식으로 받아들여지게 되는 언어의 표면. 아마도 그것은 대체로 돌아가신 아버지에 대한 그리움이라는 명확해 보이는 감정으로 환원될지도 모른다. 물론 이번 시집 상당수의 시들이 '뿌리에 대한 그리움'이 중심적 감정이라는 점은 부정하기 어렵다. 그러나 문제는 그리움의 존재론적 이유가 무엇인지를 인식하는 것에 있다.

감정과 마음이란 영역은 단순하게 해석되지 않으며 그 속에 무수히 많은 것들을 감추고 있는 것이기도 하다. 이를 염두에

두고 위 문장들을 읽어나가 보자. 일단 돌아가신 아버지에 대한 그리움이란 감정 자체는 대다수의 사람들에게 당연하게 이해될 수 있다. 그렇지만 각각의 사람들에게 돌아가신 아버지를 왜 그리워하는 것인가라고 물어본다면, 거기에는 모두 각자의 개별적 추억과 기억 그리고 그에 얽혀 있는 마음'들'이 수없이 많이 존재하고 있을 것이다. 하면 시인의 개별적 마음은 어떠한가. 시인의 말에 덧대어진 무언가는 이러하다. '겸손'하다는 것. 그리고 그러한 '아버지의 겸손'함을 닮아서 나의 언어 역시도 '겸손'해지고 싶다는 것. 혹은 그러해야만 한다는 숨겨진 일치의 욕망.

따라서 시인의 마음을 일견 당연하게 부모에 대한 그리움의 감정이라고 이해해 버리기는 어려울 것 같다. 시인은 분명히 나이 듦과 아버지에 대한 그리움의 감정 표면에 '겸손한 언어'라는 어떤 이면을 슬며시 감춰두고 있기 때문이다. 즉 서정적 이미지들이 단순히 자연을 재현하는 풍경이라고 이해되기는 어렵다. 시인의 많은 시들이 보여주고 있듯이 그 자연의 풍경들은 그저 아름답거나 따뜻하고 평온한 장면이 아니기 때문이다. 우리는 이 풍경과 이미지들과 '겸손한 언어'의 일치되려는 마음을 오롯이 인식해야 한다. 왜 시인은 자신의 언어들 속에서 '겸손해'지려 하는가.

뒷걸음질하다가 물웅덩이에 빠진 적이 있다

뒤통수에 눈이 없다는 사실과

어둠은

묘하게 닮은 점이 있다

돌부리를 차고 아파한 적이나

어둠이 깔린 시골길에서 똬리를 틀고 있던

뱀에게 물린 적이 있다

한 치의 주저함도 없이 달리던 길에서

나와

돌부리와

뱀이

자신의 역할에 최선을 다한

한 치의 양보도 없이 단호했던 순간이었다

　　　　　　　　　　　　　　　　　　―「역할」 전문

　"뒤통수에 눈이 없다는 사실과/ 어둠은/ 묘하게 닮은 점이
있다"는 말은 분명 미묘하게 다가온다. 물웅덩이와 뒤통수 그
리고 어둠이란 각각의 단어들은 객관적이고 표면적 뜻에서 모
두 다른 의미로서 받아들여질 뿐이며, 서로 연관되어 있다고
말하기 어렵다는 점에도 불구하고 말이다. 그런데 시인은 짐
짓 '묘하게' 딴청을 피우듯이 중얼거린다. 각기 다른 그것들에

는 "묘하게 닮은 점이 있다"고. 하면 이 묘하게 닮았다는 말이
과연 어떠한 의미를 담지할 수 있는지를 확인해야 한다.

이 측면에서 '돌부리를 차고 아파하거나 어두운 시골길에
뱀에게 물린 적이 있다'는 사건들은 단순히 시인 자신이 개별
적 경험으로 환원되기는 어렵다. 즉 "나와/ 돌부리와/ 뱀이/
자신의 역할에 최선을 다한/ 한 치의 양보도 없이 단호했던 순
간"이라는 말에는 어떠한 심층적 욕망들이 담겨 있는지를 살
펴봐야 한다. 해당 구절의 표현들처럼 나와 돌부리와 뱀은 사
실 모두 다른 존재들일 뿐이다. 그런데 시의 첫 구절처럼 이
다른 존재들은 "묘하게 닮은 점이 있다". 이들의 근원적 공통
성은 바로 '한 치의 양보도 없이 자신의 역할에 최선을 다한다'
라는 행위를 수행하는 존재들이라는 점일 것이다.

하면 문제는 이러하지 않을까. 눈에 보이는 언어의 표면과
객관적 의미들의 너머에 있을 무엇. 언어의 심층이자 자신의
근원적 욕망을 향해 시인은 (시인 자신의 말을 빌려보자면) '겸
손'해지려 한다는 것. 아마도 이 말은 보이는 것과 보이지 않
는 것들의 미묘한 차이를 말하고 우리에게 그 보이지 않는 타
자들 속에 존재할 무언가를 넌지시 비춰주고 있는 것일지도
모른다. 그 행위 자체가 시인이 말하고자 하는 '겸손함'의 언
어가 지닌 본질적 태도라 해야 한다. 보이는 것들의 이면이자
보이지 않는 존재들의 "단호한" 목소리와 말을. 그러니까 타
자적 존재들이 '한치의 양보도 없이 최선을 다하고 있는 어떤

단호한 순간'들에 일치되려는 욕망을 말이다. (시인은 그 순간
을 보았다고 하지 않고 그 순간'이었다'고 말한다.)

　초승달이 보름달이 되었다가 그믐달로 변해가는 것을 지켜
보았다

　입에서 나온 말이 흔적 없이 허공으로 사라지면서 거짓이
탄생하는 것을 보았다

　어둠을 닮은 흔적들을 복원할 수 있는 것은 많지 않았다

　감쪽같은 상황들이 장마철 빗물처럼 흘러 다닌다.
　　　　　　　　　　　　　　　　　　 ―「감쪽같은」 부분

　시인의 시선은 앞서 말했듯 아름다운 자연의 풍경 같은 또
는 따뜻하고 안온한 일상이라 할 만한 것들을 찾아다니지 않
는 것 같다. 반복하지만 이 풍경들은 자연의 단순한 재현이 아
니다. '겸손한' 태도로서 언제나 이면 속에 있는 무언가를 바
라보려는 원칙론적 태도야말로 시인이 말하고 있는 "뿌리의
기원"(「산통소리」)을 찾으려는 자의 시선일 것이다. 말하자면
시인은 풍경이 아닌 풍경의 이면 속에 있는 무엇이자 일상과
세속에 속한 우리가 명확히 보기 힘들고 알려 하지 않는 무언

가를 항상 보려 한다. 그러한 시인의 시선 속에서 위 시를 인식해 보도록 하자. 그렇다면 "초승달이 보름달이 되었다가 그믐달로 변해가는" 풍경이란 달이 차고 기울며 시간이 흐르는 자연의 한 현상이라고만 규정할 수는 없을 것이다.

"입에서 나온 말이 흔적 없이 허공으로 사라지면서 거짓이 탄생하는 것을 보았다"는 말. 이 문장 속에 감춰진 시인의 욕망은 무엇으로 규정되어야 할까. 말하자면 '거짓'으로 인식될 수 있는 무의미하고 객관적인 언어의 표면들. 시인의 인식 속에서 겸손하지 않고 순정하지 않은 무가치한 거짓말들은 그의 언어가 되기 어렵다. 하여 시인은 그 이면을 '어둠'으로 칭한다. 즉 시인은 알고 있다. "어둠을 닮은 흔적들을 복원할 수 있는 것은 많지 않았다"고 말이다. 표면적이고 표층적인 '거짓'의 언어 이면 속에 웅크리고 있는 보이지 않는 '어둠'을 진정으로 보아야 한다는 것. 그러니 겸손하고 순정해야 한다는 태도를 결코 놓치지 않아야 한다는 것을 말이다.

시인은 "감쪽같은 상황들이 장마철 빗물처럼 흘러 다"니는 지금 우리의 세계 속에 감추어진 무언가를 바로 보려 한다. 모든 이면을 감추려 하는 '장마철 빗물'들이 '감쪽같이' 가득한 우리의 '거짓된' 세계에서 말이다. 바로 보려는 그 태도가 도달해야만 하는 '멈춰지는 빙하'(「결빙기」) 속의 꿈틀거림. 요컨대 시인이 구축하려 하며 구축하고 있는 순정한 언어의 힘. 그에 대한 심층적 욕망이 시인을 움직이게 하고 시를 쓰게 만드는 원동력이라 할 수 있겠다.

3

지금까지 확인한 바처럼 '겸손함'과 순정함의 이면이자 시인의 올곧은 시선이 핵심이라면. 문제는 그 시선 속에서 펼쳐지는 순정한 타자들의 언어적 세계의 구체적 면모를 확인하는 일일 것이다. 시인의 많은 시들 속에서 등장하는 부모에 대한 그리움이나 자연에 대한 묘사들은 사실 이 측면에서 그 의미가 인식될 수 있다. 즉 "불안의 씨앗은 고요일까/ 고요하다는 것은 새로운 시작으로 회귀하는 전주일까"(「사르가소」)라고 되묻는 시인은 아버지를 보되 아버지를 보고 있지 않다. 이는 말하자면 자신의 겸손하지 못하고 순정하지 못한 언어에 대한 불안을 통해 어떤 고요함을. 그리하여 그 고요함으로부터 희미하게 이어질 어떤 순간들을 시인이 보려 한다는 뜻이 된다. 하면 시인은 진정으로 보려 하는 자인 셈이다.

> 부모님은
> 나의 아버지의 아버지의 아버지의 먼 아버지가 계신 곳으로 무사히 돌아가셨을까
> 이따금 저녁놀이 붉게 달아오를 때면
> 태양을 배경으로 새들이 사라지기도 했는데

저들은 어느 사자의 전령사일까

부모님을 인도했던 새도 저기에 있을까를 생각하면
저렇게 붉은 저녁놀 속이 숙연해진다

때때로
남긴 노래의 여운이 그리워 새의 노래라도 부르면
마지막 불꽃을 사르는 태양을 향해 사라지면서 남긴 긴 여운들이
유성우처럼 흐른다

멀리서
새들이 영혼을 부르고 있다

         ―「새 1」부분

 오해하지 말아야 할 지점은 우리가 이 시를 단순히 돌아가신 부모님에 대한 그리움으로서만 이해하지 않아야 한다는 것이다. 만약 그렇다면 시인은 "나의 아버지의 아버지의 아버지의 먼 아버지가 계신 곳"이란 표현을 쓸 필요가 없기 때문이다. 죽음의 너머에 있는 '어둠'이라 부를 수 있는 곳. '새들이 영혼을 부르고 있는' 어떤 영역이 바로 그곳이라면. 그 이름 붙일 수 없는 공간에 대한 겸허한 시선 속에서 시인은 "저렇게

붉은 저녁놀 속이 숙연해"질 수 있다. '분명한 생과 사의 이분
법적 논리'(「로더 킬」)를 벗어나 있는 기묘한 장소를 끊임없이
바라보려는 시인의 의지와 함께 말이다. 보이는 것들 이면의
보이지 않는 것들을 찾아다니면서. '추억 같은 노을이 붉게 타
오르고 오래된 기억들이 더욱 맹렬해지는 아이러니'(「후박나
무」) 속에서.

1.

입에서 홍시가 곪아가는 냄새가 풍겼다 오랫동안 입속에
가두어 두었던 말은 밤새 삭아지고 있었다 몇 번이고 출산의
기회를 놓친 입에서는 날마다 죽은 말들만 쏟아져 나왔다 꿈
속에서 순산했던 말들은 모두 유령처럼 씨앗조차 사라져 버렸
고 그런 말은 이른 아침이 되면 사산한 태아가 되어 허공으로
날아가 버린다

2.

간밤에 모처럼 아버지 앞에 쌓인 말을 탈탈 털어 놓았다 다
행히 울음처럼 쌓였던 그것들은 모두 순산했다고 생각했고 그
렇게 시원할 수가 없었다 그런데 따가운 아침 햇살이 커튼을
비집고 들어왔을 때까지 닫힌 입을 열려고 아등바등했고 순간
완성되었던 말들도 와르르 무너져 내렸다 여전히 입 밖으로
탈출하지 못한 말은 의식 속에서 곪아가고 있었다

3.

십 년 넘도록 한 번도 자세를 바꾸신 적이 없으신 아버지에
게 그동안 나의 말들은 몇십 번이나 변곡점을 통과했는지 모
르겠다 정작 시원한 말은 언제나 마음속에서만 존재한다는 것
을 알게 되었다

　　　　　　　　　　　　　　　　—「마음속에서만 존재하는 말」 전문

한 가지 유념해야 하는 부분은 '겸손'하고도 순정한 언어가
우리에게 결정적이며 확정된 정의의 형태로, 말하자면 명확한
시간과 공간 속에서 주어질 수 없다는 점에 있다. 그렇다면
'겸손'하고도 순정한 언어는 어떤 조건 하에 출현할 수 있게 되
는 것일까. 적어도 시인은 언어의 본질적 면모를 손쉽게 정의
할 수 없다는 점을 잘 알고 있다. 마치 "어둠을 긁어내는 동안
당신의 손톱자국은 자꾸만 반짝거"(「저녁 강가에서」)리는 순간
을 바라보고 있는 것처럼 말이다.

시의 서두에서 말해지고 있듯이 우리의 '입에서 홍시가 곪
아가는 냄새가 풍기고 오래 가두어 둔 말이 밤새 삭아가며 날
마다 죽은 말들만 쏟아져 나'온다면. 우리의 말이 '겸손'하고
순정한 언어와 항상 어긋나고 있다면. 우리는 그 언어를 언제
그리고 어떻게 되찾아야 하는가. 우선 '겸손'하고도 순정한 언
어에 대한 형상을 시인은 아버지에게서 찾고 있다고 할 수 있

겠다. 당연히 이 아버지는 나의 현실적 아버지라고만 하기는 어렵다. 이 측면에서 시는 단순한 재현이 아니라는 점을 다시금 염두에 두자. 마치 아버지가 겸손하고도 순정한 언어의 화신으로 이 시속에 있는 것처럼.

곧은 아버지이자 언어와 대비되는 나. "입을 열려고 아등바등했고 순간 완성되었던 말들도 와르르 무너져 내렸다 여전히 입 밖으로 탈출하지 못한 말은 의식 속에서 곪아가고 있"다는 것을 철저하게 자각하는 나. 이러한 언어에 대한 자의식은 '겸손'하며 순정한 언어에 대한 자의식이 없이는 이해되기 불가능하다. 마치 "십 년 넘도록 한 번도 자세를 바꾸신 적이 없으신 아버지"와 '몇십 번이나 변곡점을 통과했는지 모를 나의 말'의 기묘한 대비처럼 말이다.

그렇기에 시인은 겸손하고도 순정하며 그리하여 "시원한 말"이란 말 자체를 포기하려 한다. 마음의 말이어야 하는 것. 언어의 표면과 객관적 의미로는 결코 다가설 수 없는 의미. 겸손하고도 순정한 언어는 확정적이고 명확하며 뚜렷한 형태로 주어질 수 없다는 것을 시인은 알고 있기에. 그러니 시인이 찾으려 하며 구현하려는 "마음속" 깊은 곳의 언어란 결국 "맑은 날/ 새 떼처럼 뚫고 지나가는 무수한 생명의 기원들"(「청명」) 속에 들려오는 것이 아닐까. 나의 몸으로부터 나온 언어이지만 내가 아닌 언어들로써 성립 가능할 것들을 말이다.

세상의 극과 극은 정말 서로 연관성이 있는 것일까
어둠에 대한 기억이 그리움과 두려움으로 공존하고 있다는
사실이 아이러니다.

이 또한 한때의 계절이 지나가듯, 때가 되면
이 깊은 밤도 지나갈 것이고
새벽은 다시 찾아올 것이다
그러면
사라졌던 형체들도 마침내 맑은 영혼과 함께 다시 찾아올
것이다

그러니
서두르지 마라
서두르지 마라
서두를 일이 아니다.

— 「동짓날에」 부분

　맑은 영혼이라 할 겸손하고도 순정한 언어를 향한 여행. 언
어의 모순과 대립이며 객관적이고 표면적인 언어 이면에 감추
어진 마음들을 찾기 위한 순례의 길. 그렇기에 시인은 다음처
럼 묻는다. 너무나 다르며 결코 같지 않을 것 같은 '세상의 극
과 극은 서로 연관성이 있는'지를. 우리의 당연한 상식과 표면

적 의미들을 넘어선 어떤 지점. 그 속에 있는 '그리움이자 두려움이 공존하는 어둠에 대한 아이러니한 기억들'. 바로 그 모순된 심연을 향해 가는 길이 결국 시인의 길이기도 하다.

사실 언제나 우리는 조급해하지 않았던가. 나의 시가 나의 작품이 나의 욕망이 전시되기를 바라며 누군가에게 보여지고 누군가에게 읽혀지며 그리하여 나의 존재가 사실 대단한 것이었음을 인정받고 싶어 하는 당연하고도 인간적인 보편적 욕망. 시인은 자신의 '겸손'하고도 순정한 언어를 위해 자신의 인간적인 욕망을 버리려 한다. 내가 나의 헛된 욕망에 붙잡히더라도 "이 또한 한때의 계절이 지나가듯, 때가 되면/ 이 깊은 밤도 지나갈 것이고/ 새벽은 다시 찾아올 것"기 때문이다. 바로 그 '겸손'하고도 순정한 마음과 언어가 함께 할 때에 비로소 "사라졌던 형체들도 마침내 맑은 영혼과 함께 다시 찾아올 것"을 정확하게 알아야 한다는 것.

시인이 자신의 언어를 통해 도달하고자 하는 경지가 아마도 여기에 있다. "그러니/ 서두르지 마라/ 서두르지 마라/ 서두를 일이 아니다"라는 말의 본뜻을 우리 역시도 '겸손'하고도 순정한 마음과 함께 받아들여야 한다. 자연의 풍경들 속에서 시인이 구축하려는 마음들의 세계. 언어의 이면이자 나의 의지로서 구현되는 나인 이미지들. 시인의 시선이 향하고 있는 바로 그곳. 그곳에 도달하기 위해서는 단지 언제나 모든 의미는 '지금'에 있을 수 없다는 점을 깨달아야 한다. 그래야만이 우리는

'맑은 영혼과 함께 다시 찾아올 사라졌던 형체들'에 온전히 가 닿을 수 있게 될 것이다. 이것이 '아버지처럼 진화해 가려는'(「아버지 책상 위에 계시네」) '겸손'하고도 순정한 언어의 비非목적적인 기원이자 근원이라 칭해질 수 있다.

4

하여 시인은 언제나 "근원의 슬픔"(「딸기 우유를 생각하며」)을 마음속에 품고 살고 있는 것이기도 하다. '겸손'하지 못하고 순정하지 못한 언어란 "업경대業鏡臺의 카르마"(「몽타주」)에 자신의 죄를 항시 비춰보고 반성하는 태도를 통해서. 그 속에 감춰진 "풍문에/ 바람을 받아들인 그는/ 다시 네 발로 걸어다"(「오랫동안 보지 못한 친구」)니려는 낯선 의지를 기다리면서. 이 측면에서 시집의 제목인 '사슴뿔을 줍다'란 그렇기에 이름하기 어려운 마음의 한 형상이라 할 수 있을 것 같다.

다시 바람이 심하게 불던 어느 날이었다 문득 뿌리는 자신의 의지와는 상관없이 자신의 육신이 심하게 흔들린다는 것을 알게 되었다 깜짝 놀라 몸 구석구석을 살펴보니 사슴뿔 같은 혹이라 여겼던 자리에 새로운 가지가 길게 자라 있었다는 것을 알게 되었다 한참 골똘한 생각에 빠졌던 뿌리는 내일 모래가 되면 푸른 잎사귀를 둔 긴 가지에서 예쁜 꽃도 피게 될 것

이라는 엉뚱한 생각을 하기 시작했다

—「부활」 부분

현상적이고 표면적인 나이자 언어의 객관적 의미를 넘어서
있는 '뿌리'의 순정한 마음. 그 '겸손'한 언어를 향한 시인의 의
지가 '사슴뿔'과 같을 따름이다. 단 우리가 주의 깊게 읽어야
하는 것은 그것이 올바르고 명확한 언어로는 결코 오지 않는
다는 점에 있다. 마치 '새들의 노래가 다양한 유전자처럼 멋대
로 흩어'(「새 2」)질 때만 가능할 언어. 시인의 말처럼 이 '푸른
잎사귀를 둔 긴 가지에 핀 예쁜 꽃'은 '엉뚱'하고도 예측하지
못한 형태로서만 주어져 있으며 그로서만 도달할 수 있을 테
니까.

그 고귀한 꽃을 향한 "도도한 길"(「바람 전傳」)이 되려는 욕
망. 자신의 의지와 무관한 언어들의 뒤흔듦을 오래도록 몸으
로 품어내기. 깊은 미로를 견뎌가는 자에게만 주어질 수 있는
'겸손'한 마음의 언어들. 아마 이창하 시인에게 좋은 서정시의
힘은 이러한 조건들 속에서만 출현할 수 있는 무엇에 가까울
것이다. '불타오르는 육신과 붉은 심장'(「장미를 보면서」)을 가
진 지귀志鬼가 고통스러운 길을 오랫동안 헤매고 있듯이. '겸
손'하고도 순정한 언어를 향한 간절한 마음을 손쉽게 확정하
지 않으면서 말이다. ▨

│ **이창하** │

경북 경주 출생. 2010년 현대시에서 시집 『케이코 요시다의 노래를
듣다가』를 펴내며 작품활동을 시작했다. 2021년 『시와사상』에서 평
론으로 등단했다. 시집 『케이코 요시다의 노래를 듣다가』『그리움
을 프린트하다』『감사하고 싶은 날』이 있으며, 경남우수작품집상,
유등문학상, 진주예술인상 등을 수상했다. 현재 경남도민신문에서 '시
로 여는 세상'을 연재하고 있다.

이메일 : lchang925@naver.com

현대시 기획선 122
사슴뿔을 줍다

초판 인쇄 · 2025년 3월 15일
초판 발행 · 2025년 3월 20일
지은이 · 이창하
펴낸이 · 이선희
펴낸곳 · 한국문연
서울 서대문구 증가로29길 12-27, 101호
출판등록 1988년 3월 3일 제3-188호
편집실 │ 서울 서대문구 증가로31길 39, 202호
대표전화 302-2717 │ 팩스 · 6442-6053
디지털 현대시 www.koreapoem.co.kr
이메일 koreapoem@hanmail.net

ⓒ 이창하 2025
ISBN 978-89-6104-381-6 03810

값 12,000원

* 이 책은 2025년 경상남도와 경남문화예술진흥원의 문화예술지원을 보
조받아 발간되었습니다.

* 잘못된 책은 바꾸어 드립니다.